Analyse de l'œuvre

Par Aude Decelle
et Alexandre Randal

Ne tirez pas sur l'oiseau moqueur

de Nelle Harper Lee

lePetitLittéraire.fr

Rendez-vous sur lepetitlitteraire.fr et découvrez :

Plus de 1200 analyses
Claires et synthétiques
Téléchargeables en 30 secondes
À imprimer chez soi

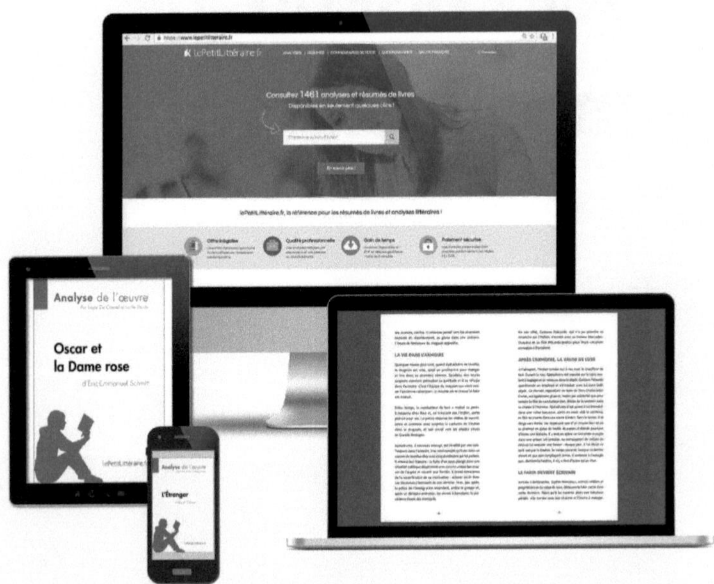

NELLE HARPER LEE

ÉCRIVAINE AMÉRICAINE

- **Née en 1926 dans l'Alabama**
- **Décédée en 2016**
- **Ses œuvres :**
  - *Ne tirez pas sur l'oiseau moqueur* (1960), roman
  - *Va et poste une sentinelle* (2015), roman

Née en 1926 dans l'Alabama, Nelle Harper Lee entame des études de droit avant de partir vivre à New York, où elle trouve un emploi alimentaire dans une compagnie aérienne, occupant son temps libre à écrire. Publié en 1960, *Ne tirez pas sur l'oiseau moqueur* connait un succès immédiat. Il est d'ailleurs adapté au cinéma par Robert Mulligan, avec Gregory Peck, deux ans plus tard.

Pendant de très nombreuses années, ce fut la seule œuvre publiée de Nelle Harper Lee, dont la vie reste aujourd'hui encore très mystérieuse. Cependant, en 2015, à la surprise générale, parait un second roman de l'auteure, *Va et poste une sentinelle*. Elle décède en février 2016.

NE TIREZ PAS SUR L'OISEAU MOQUEUR

LE REGARD DE L'ENFANCE SUR LA GRAVITÉ DU MONDE

- **Genre :** roman
- **Édition de référence :** *Ne tirez pas sur l'oiseau moqueur*, traduit de l'anglais par Isabelle Stoïanov, Paris, Le Livre de Poche, 2006, 447 p.
- **1ʳᵉ édition :** 1960
- **Thématiques :** enfance, racisme, désillusion, intolérance, procès

Publié en1960 en Amérique du Nord, en plein cœur de la lutte pour les droits civiques des Noirs, *Ne tirez pas sur l'oiseau moqueur* a obtenu le prix Pulitzer en1961, s'est vendu à plus de trente millions d'exemplaires dans le monde et a été traduit en 40 langues. Ce roman initiatique décrit quelques mois de la vie de Scout, une petite fille de 7 ans, alors que son père, avocat, défend un Noir accusé d'avoir violé une Blanche.

Mêlant la légèreté des souvenirs d'enfance à la gravité du racisme et de la bêtise ordinaire, cette histoire située dans une petite ville d'Alabama dans les années trente, au moment de la Grande Dépression, bénéficie du ton naïf et souvent drôle de Scout.

RÉSUMÉ

Le récit se passe à Maycomb, en Alabama, pendant les années trente. Scout et Jem Finch, âgés de 6 et 10 ans, vivent près d'une habitation qui les intrigue et les terrifie : la maison des Radley, où vit recluse une famille bizarre. Durant les vacances, ils rencontrent un autre garçon, Dill, qui est chez sa tante. Très vite, les trois enfants se lient d'amitié. Ils jouent ensemble et, l'été suivant, inventent un jeu de rôle autour des Radley, malgré l'interdiction d'Atticus, le père de Scout et Jem. Un soir, les enfants s'aventurent sur la véranda des Radley, où une ombre apparait et les fait fuir. Un coup de feu retentit. Ils détalent, morts de peur. En chemin, Jem perd son pantalon. Lorsqu'ils rentrent, Dill invente une bêtise acceptable pour expliquer cette perte.

En septembre, Scout fait sa première rentrée scolaire, mais elle est déçue par son institutrice, Miss Caroline, dont la pédagogie est inadaptée aux enfants pauvres de Maycomb. Scout, qui sait lire et écrire depuis longtemps, s'attire les foudres de sa maitresse et se voit interdite de lecture, terrible punition pour elle qui adore déchiffrer le journal avec son père. À l'issue de cette journée décevante, la fillette ne veut plus retourner à l'école. Son père lui propose alors un compromis : elle pourra continuer à lire le journal avec lui si elle poursuit sa scolarité. Elle accepte. Un jour, sur le chemin du retour, elle trouve des chewing-gums cachés dans un arbre, devant le terrain des Radley. Cela se reproduit plusieurs fois. Mais, un matin, Jem découvre, très affecté, que l'ouverture a été bouchée par du ciment.

Arrive l'hiver et, fait rarissime à Maycomb, il neige : l'école est fermée pour la journée. Jem et Scout fabriquent leur premier bonhomme de neige. Dans la nuit, Atticus réveille les enfants et les fait sortir dans la rue, car la maison voisine est en feu. Sans que Scout ne s'en aperçoive, Arthur Radley lui pose une couverture sur les épaules.

Le père des deux enfants étant avocat, il est commis d'office pour défendre Tom Robinson, un Noir accusé de viol sur une Blanche. À l'école et en ville, les réactions contre Atticus se font virulentes et Scout se bat contre un élève qui la taquine à ce sujet. Son père essaie de la préparer au procès qui va suivre et à ses conséquences pour leur famille. Un jour, alors qu'ils vont en ville, Scout et Jem passent devant chez Mrs Dubose, une dame âgée, malade et acariâtre, qui les provoque à propos du procès. Furieux, Jem détruit ses fleurs. Atticus lui ordonne d'aller s'excuser. Mrs Dubose exige en dédommagement qu'il lui fasse la lecture pendant un mois. Les deux enfants se rendent donc chaque jour chez la vieille dame. Ils apprendront après sa mort que leur présence l'aidait à se désintoxiquer de la morphine.

Le procès de Tom Robinson approchant, les réactions hostiles contre la famille se multiplient. Un soir, sentant que les choses s'enveniment, Atticus va garder la prison où est enfermé l'accusé. Les enfants, intrigués de le voir sortir si tard, vont le retrouver. Ils assistent à une vive dispute entre lui et des fermiers venus lyncher le prisonnier. Même si elle ne décrypte pas totalement la situation, Scout parvient par son ingénuité à dénouer le conflit. À Noël, l'oncle Jack leur rend visite, puis ils rejoignent tante Alexandra, une femme à l'esprit étroit et à la critique facile. Elle a un petit-fils de l'âge de Scout : les deux enfants se disputent à propos du procès.

De son côté, Jem change : il grandit, s'isole, et Scout le comprend de moins en moins. Elle apprend que Dill ne viendra pas cet été. Pourtant, une nuit, les deux enfants découvrent le jeune garçon caché sous un lit : il a fugué et est venu se réfugier chez eux. Atticus accepte qu'il reste quelques jours. Par ailleurs, tante Alexandra vient habiter chez eux. Mais la cohabitation n'est pas facile et de nombreuses disputes éclatent.

Le jour du procès, la région entière semble s'être rendue au tribunal. Les enfants y vont eux aussi et, ne trouvant plus de place, ils sont accueillis dans les tribunes réservées aux Noirs. Le procès commence avec le témoignage de Bob Ewell, le père de la jeune fille qui dit avoir été violée. Les Ewell font partie des habitants les plus pauvres et les plus méprisés de la ville. Atticus sème le doute sur le fait que Mayella, la victime supposée, ait pu être blessée par l'accusé, dont un bras est atrophié.

Lorsqu'elle est interrogée, son témoignage est confus et trahit la misère de ses conditions de vie. Elle persiste cependant à accuser Tom Robinson de l'avoir violée et battue. Enfin, l'accusé a la parole : il dépeint une Mayella esseulée qui l'a attiré chez elle et qui, rejetée par Tom et surprise par son père, a inventé cette histoire de viol. Atticus défend la version du Noir et met en évidence le rôle des préjugés racistes dans cette affaire. L'accusé est néanmoins déclaré coupable : c'est un choc pour les enfants.

Le lendemain matin, Atticus, ému, découvre que la communauté noire l'a remercié en déposant des monceaux de nourriture sur sa véranda. Il repart en ville où Bob Ewell lui crache dessus et le menace. Plus tard, Atticus revient de la ville où il a appris que Tom Robinson avait été tué pendant une tentative d'évasion.

Alexandra organise un gouter avec les dames de Maycomb. Scout ne se plait pas dans cette assemblée féminine qu'elle ne comprend pas. Impressionnée par sa tante, qui affronte la situation avec humanité et courage, Scout révise son opinion sur elle et sur le fait de devenir une dame.

Lorsque l'école reprend, Jem, qui grandit, s'isole encore un peu plus. Même si Scout est moins terrifiée par la maison des Radley, elle n'en reste pas moins intriguée.

Par ailleurs, les choses semblent rentrer dans l'ordre pour Atticus, excepté quelques incidents liés à Bob Ewell. Le soir d'Halloween, Scout doit participer à un spectacle dédié à l'histoire de la ville où les enfants défilent, déguisés en denrées alimentaires – Scout y joue un jambon. Mais, lors de la représentation, celle-ci s'endort en coulisses et fait son entrée trop tard. Honteuse, elle préfère rester cachée dans son costume de jambon pour rentrer.

Sur le chemin, Jem et elle sont agressés. Ils sont sauvés par l'intervention d'Arthur Radley. Lorsque le shérif se rend sur le lieu de l'agression, il y trouve Bob Ewell, mort poignardé. Tous comprennent alors que ce dernier a essayé de tuer les enfants. Atticus croit que c'est Jem qui, en se défendant, lui a donné la mort. Il est vite détrompé par le shérif : celui-ci lui fait comprendre que c'est Arthur Radley qui a poignardé Bob Ewell, mais qu'il vaut mieux ne pas l'ébruiter.

Scout raccompagne leur sauveur dans sa maison. Elle s'imagine à sa place, regardant dans la rue les deux enfants qui y jouent, elle et son frère, et se remémore les évènements de ces derniers mois.

ÉTUDE DES PERSONNAGES

SCOUT (JEAN LOUISE FINCH)

Jean Louise Finch, appelée Scout, est l'héroïne et la narratrice du livre. Elle a 6 ans au début du récit. Petite fille très vive, un peu garçon manqué (elle n'hésite pas à cogner ceux qui l'embêtent), elle est fortement attachée à Jem, son frère ainé, avec qui elle a une relation très complice. Elle a des amis, mais aucune amie et, curieusement, il n'y a pas d'autre personnage féminin de son âge dans le livre.

C'est une enfant qui réfléchit et analyse son entourage : elle pose beaucoup de questions, cherchant à comprendre, et observe énormément les gens autour d'elle. Parfois innocente, d'autres fois terriblement lucide, elle ne sait pas toujours décrypter le monde des adultes, qui reste pour elle une source constante de perplexité. Sa vision pleine d'humour met en valeur les absurdités et les contradictions des règles établies par la société, mais elle illustre aussi le côté égocentrique et naïf de l'enfance.

Impulsive et insouciante au début du roman, elle évolue vers plus de sagesse et de maturité au fur et à mesure que les mois passent et qu'elle est confrontée au mal (racisme, injustice). Son père la guide dans un compromis entre acceptation du monde réel et respect des principes moraux essentiels.

JEM (JEREMY FINCH)

Jem, le frère de Scout, de quatre ans son ainé, évolue également au cours du récit : il passe de petit garçon à futur jeune homme. Il tient son rôle de grand frère à la perfection, entrainant Scout dans la plupart de ses aventures, se faisant protecteur parfois, consolateur par moments et, surtout, grand « théoricien de la vie » : du fait de son âge plus avancé, il peut expliquer à sa petite sœur sa perception du monde qui les entoure.

Contrairement à Scout, qui l'a peu connue, il se remémore avec tristesse leur mère, décédée plusieurs années auparavant, et est parfois saisi d'accès de nostalgie.

DILL (CHARLES BAKER HARRIS)

Dill, l'ami de Scout et de Jem, est un orphelin qui vient passer ses vacances d'été chez leur voisine, Miss Rachel Haverford, qu'il appelle sa tante. Débordant d'imagination, il est toujours prêt à inventer des histoires incroyables. Il se dit fiancé à Scout, ce qui se manifeste par des baisers furtifs et quelques courriers tendres. Son personnage a été inspiré par l'écrivain américain Truman Capote (1924-1984), ami de Harper Lee et que l'auteure connait depuis l'enfance.

ATTICUS FINCH

Atticus est le père de Scout et de Jem. Âgé d'une cinquantaine d'années, ce veuf élève seul ses deux enfants selon des principes assez libéraux pour l'époque. Avocat, il prend à cœur la défense de Tom Robinson, injustement accusé de viol sur une Blanche, même s'il sait que la partie est perdue d'avance.

Compréhensif avec ses enfants, il se montre également fin psychologue, et sait alterner juste sévérité et souplesse bienveillante. La liberté avec laquelle il les élève n'est pas toujours bien vue à Maycomb : sa sœur lui reproche d'éduquer Scout et Jem comme des sauvageons, et comble du scandale, Scout est vêtue d'une salopette et non d'une jolie robe comme les petites filles de son âge.

Tout au long du roman, Atticus agit comme un repère pour la narratrice. S'il exige beaucoup de sa fille, il la respecte également énormément et son amour comme son attitude tendre et compréhensive aident la fillette à garder le cap.

Il traite ses enfants avec respect et leur parle comme à des adultes, tout en ayant conscience de leurs limites. Ainsi, face à leurs questions, il ne leur ment pas et ne cherche pas à leur cacher des choses. Il essaie au contraire de leur donner les meilleures clés pour décrypter le monde et les armer pour l'avenir. Même en cas de conflit ou de coup dur, il apprend à ses enfants à se mettre à la place des autres au lieu de les détester ou de les mépriser, et leur répète qu'il faut éviter de les juger.

S'il transmet beaucoup par l'éducation et la discussion, il le fait aussi par l'exemple qu'il donne d'un homme intègre et profondément humain, n'hésitant pas à défendre une cause perdue parce qu'il faut bien que quelqu'un le fasse et parce qu'il est assez fort pour porter ce fardeau. C'est un personnage aux dimensions un peu christiques, chargé par les autres d'affronter ce qu'ils n'ont pas le courage d'affronter, portant le poids de l'injustice d'une société bancale ; en ce sens, le procès est son « chemin de croix », avec l'échec final du verdict. Mais il transcende l'épreuve à laquelle il donne finalement un tour positif. Il offre ainsi à ses enfants une leçon de courage et de dignité, dans la logique de son personnage tout au long du récit.

Quoi qu'il en soit, il fait figure de père très moderne dans cette petite ville rurale des années trente dans le Sud des États-Unis.

CALPURNIA

Calpurnia, la cuisinière noire des Finch, fait partie de la famille et participe à l'éducation des enfants, qui ont perdu leur mère très tôt. Sévère mais juste elle aussi, elle est en harmonie avec Atticus Finch sur la plupart des principes éducatifs et moraux qui leur sont inculqués. Faisant partie des rares personnes de la communauté noire à savoir lire, c'est elle qui a appris à Scout à écrire.

TANTE ALEXANDRA

Tante Alexandra, la sœur d'Atticus, vit dans un monde de principes assez stricts et supporte mal la façon dont son frère élève ses enfants. Elle se pense autorisée à intervenir dans leur éducation et tente de faire de Scout une jeune personne « convenable », l'obligeant à mettre des robes et à assister aux gouters qu'elle organise avec les dames de

Maycomb.

Elle est néanmoins loyale envers Atticus, et l'épaule pendant et après l'épreuve du procès de Tom Robinson, où elle se révèle plus humaine qu'elle n'en donne l'air.

LE VOISINAGE

Dans cette petite ville où tout le monde se connait, les relations de voisinage sont assez étroites. Scout a bien identifié les voisins qui lui sont hostiles ou indifférents (Miss Stephanie Crawford, commère bavarde et curieuse, jamais à court de médisances) et ceux sur qui elle peut compter, comme Miss Maudie Atkinson, une veuve de l'âge d'Atticus aux idées aussi larges et nobles que les siennes.

Parmi les maisons proches, l'une d'entre elles attise la curiosité des habitants de Maycomb en général, et des enfants Finch en particulier : c'est celle de la famille Radley, que l'on ne voit jamais, et dont l'un des fils, Arthur « Boo », est soupçonné des pires atrocités.

CLÉS DE LECTURE

LA SÉGRÉGATION RACIALE AUX ÉTATS-UNIS

Racisme et intolérance dans l'Amérique rurale des années trente

Si le racisme est le sujet de fond de ce récit, avec le procès d'un homme noir, la ségrégation et les règles qui régissent les relations entre Noirs et Blancs sont également présentes en filigrane tout au long de l'histoire. Cela correspond à la réalité de l'époque : les deux camps vivaient séparés, et injustice et racisme étaient le lot quotidien de la communauté noire. Il ne faut pas oublier que les premières actions de Martin Luther King (pasteur américain et leader pacifique de la lutte pour les droits civiques, 1929-1968) contre la ségrégation n'ont eu lieu que dans les années soixante – époque à laquelle a été écrit le roman.

À cet égard, les Finch se situent aux antipodes de la société dans laquelle ils vivent. Atticus traite tous les hommes de la même manière, qu'ils soient blancs ou noirs, riches ou pauvres, instruits ou non. Calpurnia semble faire partie de la famille et il ne voit pas d'inconvénient à ce que Scout aille lui rendre visite chez elle, dans les quartiers noirs, ni à ce que ses enfants assistent à la messe à l'église de la communauté noire. Par son attitude, il va à contrecourant de ses contemporains et doit parfois se battre au sein de sa propre famille, notamment quand sa sœur Alexandra lui suggère de se séparer de sa cuisinière.

L'attitude raciste de la plupart des habitants du comté de

Maycomb renvoie à l'intolérance générale vis-à-vis de la différence. Les adultes semblent enfermés dans un réseau de principes et de règles strictes qui dictent leur conduite et régissent les relations entre eux. Ainsi, Mr Dolphus Raymond, qui a épousé une femme noire, fait semblant d'être un ivrogne pour qu'on le laisse en paix, son alcoolisme étant suffisant pour justifier son écart aux yeux des habitants. Bigoterie et sectarisme, qui sont l'apanage des Blancs, caractérisent nombre de personnages assez raides, souvent ridicules, dont fait partie la tante Alexandra, pétrie de principes inébranlables sur ce qui est convenable ou pas, les gens que l'on peut fréquenter, les habits qu'une dame doit porter, etc. Ces traits se retrouvent souvent dans les personnages féminins : en dehors d'Alexandra, Stephanie Crawford incarne de son côté l'intolérance sournoise, tandis que Miss Caroline, la première institutrice de Scout, se révèle franchement décalée avec ses idéaux pédagogiques inadaptés au milieu pauvre et rural où elle enseigne.

Ruralité et milieu urbain, misère et aisance font également partie du système de valeurs de cette société où chacun occupe un grade bien précis, plus particulièrement en cette période perturbée de la Grande Dépression – marquée par une crise économique, un fort chômage et une famine après le krach boursier de 1929, dont les répercussions en Europe favoriseront l'accession au pouvoir d'Adolf Hitler (1889-1945). Ainsi, les barrières entre castes sont infranchissables et les rares qui osent les outrepasser en paient le prix fort, comme par exemple Mayella Ewell, la jeune femme prétendument violée par Tom Robinson.

Va et poste une sentinelle, le second roman de l'auteure, est sorti en juillet 2015. Le livre, bien qu'ayant été écrit en 1957, soit avant *Ne Tirez pas sur l'oiseau moqueur*, est présenté comme étant la suite de celui-ci. Le récit se déroule une vingtaine d'années plus tard, durant le milieu des années 1950. Scout a désormais 26 ans et vit à New York. Elle revient pour quelque temps à Maycomb, sa ville natale – qui est aussi le pendant littéraire de Monroeville, d'où était originaire Harper Lee. Cependant, elle se rend rapidement compte que son père, Atticus Finch, pourtant humaniste, avocat de Tom Robinson et défenseur de l'émancipation sociale des Noirs 20 ans auparavant, n'est pas le héros sans tache de son enfance et tient même des propos racistes. Selon Pierre Demarty, le traducteur français de ce second livre : « Elle a transformé un livre plus ambigu moralement et politiquement pour en faire un livre plus consensuel et universel. La *Sentinelle* est un livre beaucoup plus sombre, pessimiste et critique à l'égard de la société. » (BROUÉ C., « Harper Lee et Atticus Finch : l'effondrement d'un mythe ? » in *La Grande Table, France Culture*, octobre 2015)

La sortie du livre a été entourée d'un battage médiatique hors du commun dans le monde anglophone, et le roman n'a pas tardé à pulvériser tous les records de vente, dès les premières semaines après sa publication.

Des lois pour entériner le racisme

Après la guerre de Sécession (1861-1865) et l'abolition de l'esclavage en 1865, le pays tout entier se retrouve en pleine période de transition appelée « la Reconstruction ». C'est à cette époque que débute la ségrégation raciale officielle (1876-1965). En effet, à partir de 1876 sont adoptées dans les États du Sud des États-Unis différentes lois établissant une distinction juridique entre les citoyens selon leur appartenance ethnique. On voit alors s'instaurer un système ségrégationniste *de jure* qui restera en vigueur dans le Sud pendant près d'un siècle.

Suite à cette législation, les Afro-Américains subissent des actes discriminatoires et xénophobes, allant parfois même jusqu'aux lynchages et aux homicides. En Alabama, par exemple, où se déroule *Ne tirez pas sur l'oiseau moqueur*, les gares autoroutières sont désormais tenues de prévoir des salles d'attente et des guichets séparés selon la couleur de peau des voyageurs. Howard Zinn (historien américain, 1922-2010) précise qu'« entre 1889 et 1903, deux Noirs, en moyenne, étaient assassinés chaque semaine (pendus, brûlés vifs ou mutilés) » (Zinn H., *Une histoire populaire des États-Unis. De 1492 à nos jours*, Agone, 2002, p. 361). En 2015, une étude a d'ailleurs estimé que près de 4 000 Afro-Américains ont été lynchés durant la période allant de 1877 à 1950. Une carte du Sud des États-Unis, réalisée par le *New York Times*, répertorie ces 73 années de lynchages (« Map of 73 Years of Lynchings », in *New York Times*, février 2015). Ces actes, commis par des Blancs, étaient monnaie courante et se terminaient bien souvent par des pendaisons.

En outre, la justice rend des jugements iniques, comme durant l'affaire de Scottsboro en 1931. Ce procès, étape importante dans le cadre de la lutte contre les discriminations faites à l'encontre des communautés afro-américaines, a sans nul doute été un élément déterminant pour Harper Lee, qui situe son récit à cette période. Le 25 mars 1931 à Scottsboro, en Alabama, deux jeunes femmes blanches accusent à tort neuf hommes noirs âgés de 13 à 19 ans de les avoir violées. Huit des jeunes garçons sont condamnés à mort par pendaison, sans pourtant l'existence d'une quelconque preuve de leur culpabilité. L'ILD (International Labor Defense), une organisation communiste de défense des droits civiques, parvient ensuite à faire suspendre les exécutions et à renvoyer le procès en appel. Un combat politique long de 15 ans débute alors, et ce n'est qu'en 1946 que le dernier détenu est finalement libéré. Cet épisode est devenu emblématique dans la lutte pour l'égalité raciale aux États-Unis et inaugure par de nombreux aspects le mouvement pour les droits civiques.

Le 1ᵉʳ décembre 1955, Rosa Parks (1913-2005) est l'héroïne d'un autre incident devenu symbolique dans cette lutte pour un changement au niveau judiciaire et au niveau des mentalités. Lors d'un trajet en autobus à Montgomery, en Alabama, cette couturière de 42 ans refuse de céder sa place à un passager blanc. Elle est condamnée à payer une amende. C'est alors qu'un boycott des autobus de la ville est lancé par un mouvement antiségrégationniste, mené par le jeune pasteur Martin Luther King. La ségrégation dans les bus américains est finalement abrogée le 13 novembre 1956. C'est la première victoire et le début d'un long combat en vue de l'abolissement complet des lois raciales.

Car c'est seulement le 2 juillet 1964, avec l'adoption du Civil Rights Act (loi sur les droits civiques), que la ségrégation raciale est complètement interdite dans tout le pays. Le droit de vote pour les Noirs américains est reconnu le 6 aout de l'année suivante. Toutefois, le combat pour faire changer les mentalités prend plus de temps : les faits divers à discrimination ethnique sont malheureusement encore bien trop fréquents aux États-Unis. À cet égard, *Ne tirez pas sur l'oiseau moqueur* est rapidement devenu et reste encore aujourd'hui une œuvre culte de la littérature américaine moderne.

L'ÉCRITURE DE L'ENFANCE

Roman de l'enfance raconté par Scout, 6 ans au début du roman, 9 à la fin, *Ne tirez pas sur l'oiseau moqueur* présente un double regard, à la fois naïf et terriblement lucide, parfois à la limite du cynisme. En cela, le lecteur sent la présence de l'adulte qui écrit et profite de ce narrateur enfantin pour mêler les analyses parfois simplistes aux réalités les plus crues. Même quand Scout se méprend et que sa perception de la situation est faussée, l'auteure intervient avec un décalage de ton qui montre l'erreur de la jeune narratrice. L'effet est la plupart du temps très comique et le ton est plein d'humour d'un bout à l'autre du roman.

Le rythme binaire de la narration, avec l'opposition été (vacances)/période scolaire, met en évidence le formidable espace de liberté que représentent les congés pour un enfant. C'est le temps du jeu, des découvertes, de l'apprentissage, le temps du murissement. Les jours semblent alors parfois se dilater tandis que les moments passés à l'école, à l'exception du premier jour de Scout qui est minutieusement décrit, sont quasiment passés sous silence et font l'objet d'une ellipse temporelle systématique.

UN ROMAN INITIATIQUE : DE L'ENFANCE BIENHEUREUSE À LA DÉSILLUSION

Les deux principaux protagonistes, Scout et son frère Jem, grandissent sous les yeux du lecteur et passent du stade d'enfants naïfs à celui de jeunes personnes en devenir. Leur évolution se dessine d'anecdote en anecdote – le roman ressemblant parfois à un recueil de nouvelles pouvant être lues indépendamment les unes des autres. Certaines sont légères, d'autres plus graves. Chaque petite histoire semble être l'occasion pour les enfants de recevoir une leçon de vie, de découvrir un trait de la nature humaine et, par la même occasion, d'apprendre à connaitre l'autre et à accepter la différence. Leur père est un véritable guide qui semble toujours juste et clairvoyant, jamais pris dans des émotions négatives ou trop subjectives.

Le lecteur suit plus particulièrement l'évolution de Scout, étant donné qu'elle est la narratrice. Au fur et à mesure que progresse le récit, celle-ci va de désillusion en désillusion. Elle doit d'abord renoncer à son idéal scolaire, car elle se rend vite compte qu'elle n'apprendra rien à l'école. Elle apprend également à se séparer peu à peu de son frère qui, en grandissant, a parfois besoin de s'éloigner et rompt ainsi la complicité fusionnelle qui les unit. En se dissociant de lui, elle va néanmoins pouvoir accepter d'être une femme. Elle prend comme modèle féminin sa tante, en qui elle voit finalement quelques qualités.

Le procès montre aux trois enfants, Scout, Jem et Dill, à quel point la justice humaine est injuste et imparfaite, reflet du monde des hommes qui semble dur et cruel. L'analyse qu'en fait Atticus Finch laisse néanmoins une place à l'espoir et à la tolérance. L'avocat sait en effet trouver les particules positives dans un océan de désastres. Face au verdict injuste des jurés, il explique à ses enfants qu'en se battant pour défendre Tom Robinson, il a quand même obtenu quelque chose : l'affaire a fait l'objet d'une longue délibération, ce qui marque un progrès par rapport à toutes les affaires où les Noirs ont automatiquement été jugés coupables. Ce faisant, il se réconforte lui-même, car il est extrêmement touché par l'échec du procès, même s'il en connaissait l'issue d'avance.

À la toute fin du roman, après l'agression des enfants par Bob Ewell, Scout réalise à quel point tous ces évènements les ont fait vieillir, elle et son frère : « Je pensais que Jem

et moi allions encore grandir, mais qu'il ne nous restait pas grand-chose à apprendre, à part l'algèbre, peut-être. »
(p. 432)

PISTES DE RÉFLEXION

QUELQUES QUESTIONS POUR APPROFONDIR SA RÉFLEXION...

- L'histoire, que ce soit celle des manuels (guerre de Sécession) ou l'histoire individuelle (généalogie des Finch), apparait en arrière-plan à de nombreuses reprises : que signifie-t-elle par rapport aux évènements que traverse Scout ?
- Rites et conventions rythment la vie des habitants de Maycomb. Sont-ils responsables d'une forme de torpeur ? Représentent-ils au contraire une sorte de paravent bien pratique pour s'affranchir de certaines contraintes ?
- Étudiez comment les figures féminines jouent un rôle important dans la transmission des règles et dégagez leurs principales caractéristiques. Les personnages féminins positifs ne sont-ils pas ceux qui ressemblent le plus aux hommes ?
- Noirs et Blancs se côtoient, mais ils se connaissent peu et vivent dans deux mondes séparés. Quels sont les moments du roman où ces univers se croisent vraiment ?
- En quoi le procès s'apparente-t-il à un spectacle, une pièce de théâtre où se jouerait une tragicomédie humaine ?
- Les personnages ne sont quasiment jamais décrits physiquement ; ils se révèlent par leurs actes ou leurs paroles. Peut-on, à partir de cela, dégager des champs lexicaux qui définissent chaque protagoniste important ?
- À votre avis, qu'est-ce qui a fait le succès de cette œuvre ?
- Comparez le livre avec l'adaptation cinématographique réalisée par Robert Mulligan. Quelles différences

constatez-vous ?

- Peut-on établir un parallèle entre la société ségrégation-niste américaine et l'Allemagne nazie ? Si oui, pourquoi ?
- Expliquez le titre de ce roman.

POUR ALLER PLUS LOIN

ÉDITION DE RÉFÉRENCE

- Harper Lee N., *Ne tirez pas sur l'oiseau moqueur*, Paris, Le Livre de Poche, 2006.

ÉTUDES DE RÉFÉRENCE

- Baguet G., « Le 1er décembre 1955, Rosa Parks disait non à la ségrégation raciale aux États-Unis », in *La Croix*, décembre 2015, consulté le 16 aout 2016, http://www.la-croix.com/Archives/Le-1er-decembre-1955-Rosa-Parks-disait-non-a-la-segregation-raciale-aux-Etats-Unis-2015-12-01-1387168
- Broué C., « Harper Lee et Atticus Finch : l'effondrement d'un mythe ? » in *La Grande Table, France Culture*, octobre 2015, consulté le 16 aout 2016, http://www.franceculture.fr/emissions/la-grande-table-1ere-partie/harper-lee-et-atticus-finch-l-effondrement-d-un-mythe
- Flynt W., « To Kill a Mockingbird », in *Encyclopedia of Alabama*, mai 2011, consulté le 16 aout 2016, http://www.encyclopediaofalabama.org/article/h-1140
- Jaminet V., « Le Mémorial Martin Luther King : l'égalité porte un nom », in *Mémoire & Politique*, mai 2013, consulté le 16 aout 2016, http://labos.ulg.ac.be/memoire-politique/le-memorial-martin-luther-king/
- Laroche-Signorile V., « Ségrégation et discriminations aux États-Unis dans les années 60 », in *Le Figaro*, février 2015, consulté le 16 aout 2016, http://www.lefigaro.fr/histoire/2015/02/20/26001-20150220ARTFIG00324-

segregation-et-discriminations-aux-etats-unis-dans-les-annees-60.php
- « Map of 73 Years of Lynchings », in *New York Times*, février 2015, consulté le 19 aout 2016, http://www.nytimes.com/interactive/2015/02/10/us/map-of-73-years-of-lynching.html?_r=2
- SALTER D., « Scottsboro Trials », in *Encyclopedia of Alabama*, novembre 2013, consulté le 16 aout 2016, http://www.encyclopediaofalabama.org/article/h-1456
- SERVIN L., « Les Scottsboro Boys, une affaire de justice », in *L'Humanité*, janvier 2015, consulté le 16 aout 2016, http://www.humanite.fr/les-scottsboro-boys-une-affaire-de-justice-561680
- UROFSKY (Melvin I.), « Jim Crow law », in *Encyclopaedia Britannica*, avril 2015, consulté le 19 aout 2016, https://www.britannica.com/event/Jim-Crow-law
- Zinn H., *Une histoire populaire des États-Unis. De 1492 à nos jours*, Agone, 2002.

ADAPTATION

- *Du silence et des ombres (To Kill a Mockingbird)*, film de Robert Mulligan, avec Gregory Peck, 1962.

SUR LEPETITLITTÉRAIRE.FR

- Fiche de lecture sur *Va et poste une sentinelle*

www.lepetitlitteraire.fr

ISBN version numérique : 978-2-8062-8351-1
ISBN version papier : 978-2-8062-8352-8
Dépôt légal : D/2016/12603/329

Avec la collaboration d'Alexandre Randal pour le chapitre
« Des lois pour entériner le racisme » et pour l'encadré
« Go Set a Watchman ».

Conception numérique : Primento,
le partenaire numérique des éditeurs.

Ce titre a été réalisé avec le soutien de la Fédération
Wallonie-Bruxelles, Service général des Lettres et du Livre.

Retrouvez notre offre complète sur lePetitLittéraire.fr

- des fiches de lectures
- des commentaires littéraires
- des questionnaires de lecture
- des résumés

ANOUILH
- Antigone

AUSTEN
- Orgueil et Préjugés

BALZAC
- Eugénie Grandet
- Le Père Goriot
- Illusions perdues

BARJAVEL
- La Nuit des temps

BEAUMARCHAIS
- Le Mariage de Figaro

BECKETT
- En attendant Godot

BRETON
- Nadja

CAMUS
- La Peste
- Les Justes
- L'Étranger

CARRÈRE
- Limonov

CÉLINE
- Voyage au bout de la nuit

CERVANTÈS
- Don Quichotte de la Manche

CHATEAUBRIAND
- Mémoires d'outre-tombe

CHODERLOS DE LACLOS
- Les Liaisons dangereuses

CHRÉTIEN DE TROYES
- Yvain ou le Chevalier au lion

CHRISTIE
- Dix Petits Nègres

CLAUDEL
- La Petite Fille de Monsieur Linh
- Le Rapport de Brodeck

COELHO
- L'Alchimiste

CONAN DOYLE
- Le Chien des Baskerville

DAI SIJIE
- Balzac et la Petite Tailleuse chinoise

DE GAULLE
- Mémoires de guerre III. Le Salut. 1944-1946

DE VIGAN
- No et moi

DICKER
- La Vérité sur l'affaire Harry Quebert

DIDEROT
- Supplément au Voyage de Bougainville

DUMAS
- Les Trois Mousquetaires

ÉNARD
- Parlez-leur de batailles, de rois et d'éléphants

FERRARI
- Le Sermon sur la chute de Rome

FLAUBERT
- Madame Bovary

FRANK
- Journal d'Anne Frank

FRED VARGAS
- Pars vite et reviens tard

GARY
- La Vie devant soi

GAUDÉ
- La Mort du roi Tsongor
- Le Soleil des Scorta

GAUTIER
- La Morte amoureuse
- Le Capitaine Fracasse

GAVALDA
- 35 kilos d'espoir

GIDE
- Les Faux-Monnayeurs

GIONO
- Le Grand Troupeau
- Le Hussard sur le toit

GIRAUDOUX
- La guerre de Troie n'aura pas lieu

GOLDING
- Sa Majesté des Mouches

GRIMBERT
- Un secret

HEMINGWAY
- Le Vieil Homme et la Mer

HESSEL
- Indignez-vous !

HOMÈRE
- L'Odyssée

HUGO
- Le Dernier Jour d'un condamné
- Les Misérables
- Notre-Dame de Paris

HUXLEY
- Le Meilleur des mondes

IONESCO
- Rhinocéros
- La Cantatrice chauve

JARY
- Ubu roi

JENNI
- L'Art français de la guerre

JOFFO
- Un sac de billes

KAFKA
- La Métamorphose

KEROUAC
- Sur la route

KESSEL
- Le Lion

LARSSON
- Millenium I. Les hommes qui n'aimaient pas les femmes

LE CLÉZIO
- Mondo

LEVI
- Si c'est un homme

LEVY
- Et si c'était vrai…

MAALOUF
- Léon l'Africain

MALRAUX
• La Condition
  humaine

MARIVAUX
• La Double
  Inconstance
• Le Jeu de l'amour
  et du hasard

MARTINEZ
• Du domaine
  des murmures

MAUPASSANT
• Boule de suif
• Le Horla
• Une vie

MAURIAC
• Le Nœud
  de vipères

MAURIAC
• Le Sagouin

MÉRIMÉE
• Tamango
• Colomba

MERLE
• La mort est
  mon métier

MOLIÈRE
• Le Misanthrope
• L'Avare
• Le Bourgeois
  gentilhomme

MONTAIGNE
• Essais

MORPURGO
• Le Roi Arthur

MUSSET
• Lorenzaccio

MUSSO
• Que serais-je
  sans toi ?

NOTHOMB
• Stupeur et
  Tremblements

ORWELL
• La Ferme
  des animaux
• 1984

PAGNOL
• La Gloire de
  mon père

PANCOL
• Les Yeux jaunes
  des crocodiles

PASCAL
• Pensées

PENNAC
• Au bonheur
  des ogres

POE
• La Chute de la
  maison Usher

PROUST
• Du côté de
  chez Swann

QUENEAU
• Zazie dans
  le métro

QUIGNARD
• Tous les matins
  du monde

RABELAIS
• Gargantua

RACINE
• Andromaque
• Britannicus
• Phèdre

ROUSSEAU
• Confessions

ROSTAND
• Cyrano de
  Bergerac

ROWLING
• Harry Potter à
  l'école des sor-
  ciers

SAINT-EXUPÉRY
• Le Petit Prince
• Vol de nuit

SARTRE
• Huis clos
• La Nausée
• Les Mouches

SCHLINK
• Le Liseur

SCHMITT
- La Part de l'autre
- Oscar et la
  Dame rose

SEPULVEDA
- Le Vieux qui
  lisait des romans
  d'amour

SHAKESPEARE
- Roméo et Juliette

SIMENON
- Le Chien jaune

STEEMAN
- L'Assassin
  habite au 21

STEINBECK
- Des souris et
  des hommes

STENDHAL
- Le Rouge et
  le Noir

STEVENSON
- L'Île au trésor

SÜSKIND
- Le Parfum

TOLSTOÏ
- Anna Karénine

TOURNIER
- Vendredi ou
  la Vie sauvage

TOUSSAINT
- Fuir

UHLMAN
- L'Ami retrouvé

VERNE
- Le Tour
  du monde
  en 80 jours
- Vingt mille
  lieues sous
  les mers
- Voyage au
  centre de
  la terre

VIAN
- L'Écume des jours

VOLTAIRE
- Candide

WELLS
- La Guerre des
  mondes

YOURCENAR
- Mémoires
  d'Hadrien

ZOLA
- Au bonheur
  des dames
- L'Assommoir
- Germinal

ZWEIG
- Le Joueur
  d'échecs